LE ROI SALAMI

À Niah, Elan, Tais et Ezra

Catalogage avant publication de Bibliothèque et Archives Canada

Bland, Nick, 1973-
Le roi Salami / Nick Bland ; texte français d'Hélène Pilotto.
Traduction de: *King pig*.
ISBN 978-1-4431-2488-1
I. Pilotto, Hélène II. Titre.
PZ23.B5647Roi 2013   j823'.92   C2012-908080-2

Édition publiée par les Éditions Scholastic, 604, rue King Ouest, Toronto (Ontario) M5V 1E1, avec la permission de Scholastic Australia Pty Limited (ABN 11 000 614 577) PO Box 579, Gosford, NSW 2250, Australie.

5 4 3 2 1   Imprimé en Malaisie 108 13 14 15 16 17

LE ROI
SALAMI

Nick Bland

Texte français d'Hélène Pilotto

Éditions
SCHOLASTIC

Le roi Salami ne comprend pas pourquoi les moutons ne l'adorent pas. Ils se plaignent toujours pour un oui ou pour un non.

Ils sourient rarement et quand ils le font,

le roi a l'impression
qu'ils se moquent de lui.

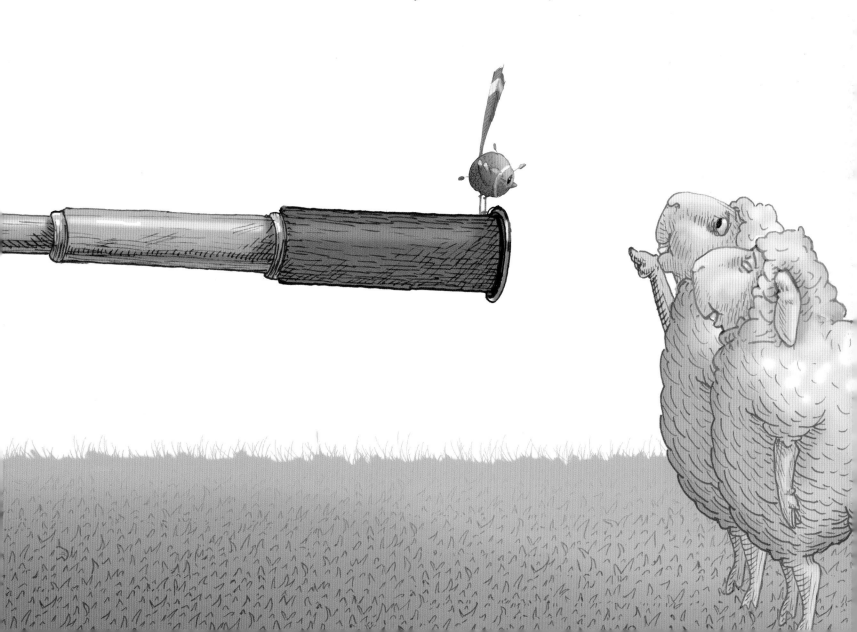

Les moutons n'écoutent jamais
ce qu'il dit, même quand il crie
très fort.

En fait, plus il essaie d'obtenir leur attention...

... plus les moutons l'ignorent.

Comme il est le roi, Salami peut leur faire faire ce
qui lui plaît...

... quand cela lui plaît.

Mais il ne peut pas les forcer à l'*AIMER*.

Peut-être m'aimeraient-ils davantage si j'étais mieux habillé? se dit le roi Salami.

Pour cela, il lui faudrait beaucoup de nouveaux vêtements chics.

Qui pourrait bien les lui fabriquer?

Le roi Salami réveille tous les moutons et les fait entrer dans son beau château bien chauffé.

Puis, il va se coucher pendant que les moutons se mettent au travail. Ils tricotent, tricotent, tricotent

toute la nuit, jusqu'au dernier brin de laine,
pour finir les nouveaux vêtements chics du roi.

Le lendemain matin, le roi Salami peut se pavaner.
Il a l'air...

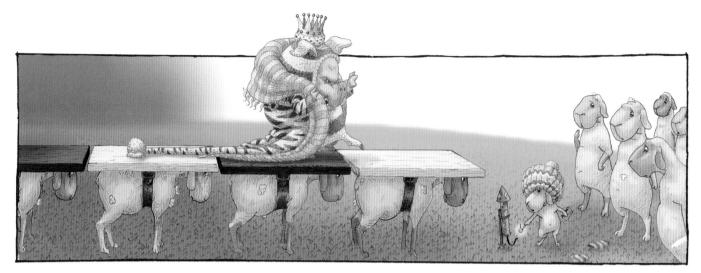

Il a l'air féroce.

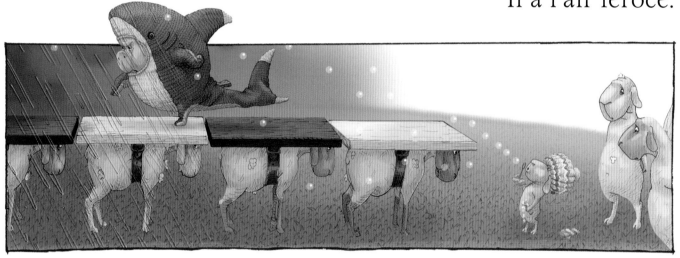

Il a l'air intrépide.

Jamais un roi n'a été aussi bien habillé.

Mais quand il s'arrête pour saluer, personne ne le regarde.

Personne ne l'acclame.
Personne ne l'ADMIRE.

— Vous pourriez peut-être essayer d'être gentil, suggère une petite voix.

— Gentil? s'écrie le roi. Mais je croyais que je l'*étais!*

Il se réfugie dans son château pour bouder.

Cette nuit-là, le roi Salami n'arrive pas à dormir. Il est animé d'un sentiment qu'il n'avait jamais ressenti auparavant :

il est désolé.

Tout à coup, il sait comment il va se montrer gentil envers les moutons.

Il travaille toute la
nuit.

Quand le soleil se lève,

il est prêt à s'excuser...
de la seule manière
qu'il a pu imaginer.

C'est loin d'être parfait, mais tous les moutons

s'accordent à dire que c'est... un bon début!